D1128714

WITHDRAWN

Coordinación editorial: M.ª Carmen Díaz-Villarejo
Diseño de colección: Gerardo Domínguez
Maquetación: Silvia Pasteris
Primera edición: septiembre, 2008
Segunda edición: marzo, 2009

© Del texto y las ilustraciones: Mikel Valverde, 2008
© Macmillan Iberia, S. A., 2008
    c/ Príncipe de Vergara, 36 - 6º dcha. 28001 Madrid (ESPAÑA)
    Teléfono: (+34) 91 524 94 20

www.macmillan-lij.es

ISBN: 978-84-7942-244-8
Impreso en Gráficas Estella (España) / Printed in Gráficas Estella (Spain)
Depósito legal: NA-876-2009

GRUPO MACMILLAN: www.grupomacmillan.com

Este libro pertenece a:

....

....

Reservados todos los derechos. Queda prohibida,
sin autorización escrita de los titulares del copyright,
la reproducción total o parcial, o distribución de esta obra,
incluido el diseño de cubierta, por cualquier medio o
procedimiento, comprendidos el tratamiento informático
y la reprografía. La infracción de los derechos mencionados
puede ser constitutiva de delito contra la propiedad
intelectual (arts. 270 y siguientes del Código Penal).

Mikel Valverde

Rita Y eL PáJaRo De PLata

MACMILLAN
Infantil y Juvenil

—Vamos, Rita. Te llevaré a un sitio extraordinario, pero tienes que darme tu palabra de que no dirás nada a nadie sobre lo que vas a ver.

—Vale, papá.

Era una soleada tarde de primavera, una de esas en las que se nota que los días son cada vez más largos.

Rita había salido con su padre a hacer unas compras para la cena y, cuando pensaba que ya regresarían a casa, su padre le dijo aquello.

Nunca había imaginado que en su barrio pudiera haber algo tan misterioso que tuviera que ser guardado como un secreto.

—De verdad que no se lo voy a decir a nadie. Te lo prometo, en serio; aunque me obliguen no diré ni una palabra. Nunca jamás lo contaré.

—Está bien, Rita. No sigas, me fío de ti.

—Vale, pero es que quiero que sepas que bajo ningún concepto diré nada a nadie –insistió Rita remarcando cada palabra con unos gestos con la mano.

Al pasar junto a un almacén, su padre aminoró la marcha y se acercó hacia la puerta. Era vieja, de madera y de color verde. Parecía tan corriente como la fachada encalada de aquel local. Para sorpresa de Rita, Martín, su padre, llamó a la puerta. Aquel era el sitio, no había duda.

Al poco rato, la puerta se abrió lo suficiente para dejar ver el rostro de un señor mayor de ojos claros.

—Soy Martín, el amigo de Seve –dijo su padre a aquel hombre, que los miraba con gesto desconfiado–. Vengo por lo de los pájaros.

Después de mirarlos de arriba abajo, el señor hizo un gesto y los invitó a pasar. En cuanto estuvieron dentro, cerró la puerta.

Aquel lugar estaba lleno de pájaros. Algunos se encontraban en jaulas que colgaban del techo, pero la mayoría estaban sueltos, apoyados en algún cachivache o haciendo vuelos cortos por el local.

Rita y su padre lo observaban todo sorprendidos.

—La mayoría son periquitos y jilgueros –dijo el hombre.

Luego, emitió un sonido muy parecido al canto de un pájaro, y al instante un jilguero de color verde claro se acercó y se posó sobre uno de sus hombros.

Entonces Rita se dio cuenta de que allí sucedía algo extraño. Aquel lugar estaba lleno de pájaros, pero ninguno de ellos cantaba ni emitía sonido alguno.

—¿Por qué no cantan? –preguntó.

—Están amaestrados. Solo cantan cuando yo se lo indico.

—¿De verdad?

—Mira –y el hombre volvió a hablar como lo hacen los pájaros.

Al momento el jilguero comenzó a cantar con un trino alegre.

—Este señor –le explicó su padre– enseña a cantar a los pájaros que no saben, y también los adiestra. Les enseña a comportarse de un modo determinado.

—Y cuando paseo por el monte y encuentro alguno en mal estado, lo traigo aquí para curarlo y enseñarle a cantar –añadió el adiestrador de pájaros–. Hace dos días encontré a ese gorrión herido en un ala –dijo señalando a un pájaro regordete que los miraba apoyado en un bote vacío–. Lo he llamado Ronaldo.

—Hola, Ronaldo –lo saludó Rita con simpatía.

—Lleva poco tiempo aquí y es algo vergonzoso. No le gusta entrenar, pero confío en que al final será un buen cantante. ¿Verdad, Ronaldo?

Pero el gorrión Ronaldo miraba para
otro lado mientras su maestro intentaba
que obedeciera una seña suya.

—Es un pájaro difícil, la verdad.
En fin, ¿qué les trae por aquí? –preguntó
olvidándose del gorrión y haciendo
una seña al jilguero para que volviera a su sitio.

—Tengo un compañero de trabajo
al que le gustan mucho los pájaros
y ha ocurrido que… –comenzó
a contar Martín.

—¿Puedo mirar por ahí?
–interrumpió Rita.

Aunque su padre hizo un gesto
negativo, el adiestrador
de pájaros le dio permiso.

—Pero no toques nada,
¿de acuerdo? –le advirtió
el hombre.

—Vale.

Mientras su padre y Maximino, que así se llamaba el adiestrador, hablaban, Rita paseó por el local.

Era más grande de lo que parecía. Entre la gran cantidad de cosas allí almacenadas, Rita descubrió que se abrían algunos pasillos. Entró por uno de ellos. Los bultos apenas dejaban pasar la luz; quizá por eso los pájaros no se acercaban hasta allí.

Y entonces lo vio. Estaba en una estantería, junto a un viejo frigorífico. Se acercó poco a poco hasta quedarse apenas a unos centímetros. Estaba cubierto por un elegante paño de color negro.

Le habían dicho que no tocara nada, pero Rita intuía que tras aquella refinada tela se ocultaba un ser vivo. Y ella quería verlo. No podía resistirse.

Casi sin darse cuenta, su mano se aproximó al paño y suavemente comenzó a deslizarlo hasta dejar al descubierto la jaula que ocultaba.

—¡Quieta! –gritó Maximino–. ¡Te dije que no tocaras nada! –el adiestrador de pájaros la miraba furioso desde el otro extremo del pasillo.

Rita dio un bote y al instante volvió a cubrir la jaula con el paño.

—Pe… perdone. Yo no quería tocar… –intentó disculparse Rita.

—No querías, pero lo has tocado –le contestó el hombre.

—Disculpe. Esta niña es muy revoltosa
y no puede estarse quieta. ¿Sabe lo que hizo un día
que fuimos de excursión a ver un castillo?
–intervino Martín intentando relajar la situación.

—No me interesa saberlo. Es tarde y tengo
que regresar a casa para cenar. Mi mujer me espera
–dijo el pajarero de forma seca invitándolos a salir.

—Oh, sí. Nosotros también tenemos que
irnos –dijo el padre de Rita mientras empujaba
a la niña hacia la salida–. Pero… ¿enseñará a cantar
al pájaro de mi amigo?

—No sé. Ya le diré algo –concluyó
el adiestrador de pájaros antes de despedirlos
sin abandonar el gesto severo.

Rita y su padre se dirigieron a casa.
Se había hecho un poco tarde y debían regresar
con las compras.

—Te dijeron que no tocaras nada, pero
la señorita no podía por un día obedecer
y estarse quietecita –le dijo su padre en tono
de burla.

—Ya lo sé, papá. Lo siento; pero es que
lo que había allí era increíble, ¿sabes?

—Lo único que sé es que ahora, por tu culpa,
tal vez el señor Maximino no quiera enseñar a cantar
al pájaro de mi amigo.

—Pero ¡papá, es que lo que había allí era
fantástico!

—¿Dónde? –le preguntó su padre un poco intrigado.

—En la jaula que estaba tapada con el paño negro.

Su padre la miró con gesto de interrogación.

—Era algo parecido a… ¡un pájaro de plata! –exclamó Rita con los ojos muy abiertos.

—Oh, Rita, no digas tonterías. Ya estás fantaseando otra vez.

—Es verdad, papá. Estaba allí.

—¿Lo has visto?

—Bueno, no lo he visto bien del todo, pero creo que lo que he visto era un pájaro de plata.

—Habrás visto otra cosa. Seguro que detrás de la jaula había algún objeto de metal y se ha reflejado con la luz.

—En ese sitio no había luz. Creo que era un pájaro de plata.

—Vamos, Rita –insistió su padre–. Los pájaros de plata no existen.

Ya habían llegado al portal, pero antes de abrir la puerta su padre la miró seriamente y le dijo:

—Recuerda lo que hablamos: no debes decir a nadie lo que has visto en esa lonja.

—¿Te refieres al pájaro de plata? –preguntó Rita alterada.

—No, a lo que hace el señor Maximino. Él está jubilado y adiestra pájaros como una afición; no le gusta que se entere mucha gente, ¿de acuerdo?

—Papá, por favor –le contestó Rita moviendo exageradamente los brazos–. Soy incapaz de contar un secreto. No hay nadie en mi colegio que sepa más secretos que yo y nunca los haya revelado. Algunos me llaman la guardasecretos.

—Vale, Rita. Es suficiente. Solo espero que esta vez cumplas tu palabra.

Cuando entraron en casa, les aguardaba una sorpresa.

—Vaya, por fin habéis llegado –dijo a modo de recibimiento Mónica, la madre de Rita–. Pensaba que íbamos a tener que empezar a cenar los tres sin vosotros.

—¿Los tres? –preguntaron extrañados Rita y su padre. Ellos no esperaban que, además de Mónica

y Óscar, el hermanito de Rita, hubiera alguien más
en casa esa noche.

—Sí, hoy tenemos un invitado a cenar. Por
eso os he pedido que comprarais un postre especial.
—¡Hola, Rita! –dijo una voz familiar.
—¡Tío Daniel! –gritó Rita abalanzándose
a sus brazos.
Daniel había regresado esa misma tarde desde
Groenlandia y pensaba pasar unos días en la ciudad
antes de salir de nuevo de viaje.
Fue una cena deliciosa: Daniel y Rita
recordaron la aventura pasada en el Polo Norte junto
al pingüino Filipo, a Pamuk, a Noatak y al resto de

amigos. Todos hablaban de sus cosas y escuchaban las de los otros.

Pero, de repente, Rita se quedó callada y pensativa.

—Rita, ¿te preocupa algo? —le preguntó su madre al verla tan seria y sin hacer caso del pastel de chocolate.

—Sí. Es que tengo que hacerle una pregunta muy importante al tío Daniel.

—¿Ah, sí? —dijo su tío invitándola con un gesto a preguntar.

—Tío Daniel, ¿existen los pájaros de plata?

—Yo no los he visto nunca… —respondió su tío.

—¡Ja! —exclamó Martín sonriendo y mirando a Rita desafiante.

—…pero he oído hablar de ellos —puntualizó Daniel.

—¡Je! —soltó esta vez Rita sonriendo a su padre.

—¿Qué quieres decir? —preguntó Mónica.

—Una noche que pasé en el desierto de Arabia, un anciano de la tribu jebali me contó la historia de cómo surgió el primer pájaro de plata. Se trata de una antigua leyenda árabe.

En la cocina reinaba el silencio. Todas las miradas estaban clavadas en Daniel, así que este supo lo que todos esperaban y comenzó a relatar aquella antigua leyenda:

«Cuentan que hace tiempo, en las montañas del sur de Arabia, vivía una joven que era tan hermosa como la luna. Se llamada Ashira y era hija de un humilde pastor de los montes de Zufar.

La bella Ashira era feliz en las montañas, pues allí se sentía libre y tenía el amor de su familia y amigos.

Todas las tardes, después de guardar el rebaño, Ashira enseñaba a los niños a cantar melodías que, en boca de la joven, eran dulces como la miel. Una multitud siempre se acercaba para escucharla.

Un día, una caravana que se dirigía hacia uno de los ricos puertos del sur se perdió en aquellas montañas. Quiso la casualidad que en esa caravana viajara el gran poeta Ahmad Ibn Husayn y que, en su caminar errante, aquel grupo llegara hasta el poblado en el que vivía Ashira.

Las gentes del lugar dieron cobijo a los viajeros, extenuados tras pasar varios días deambulando por las agrestes montañas.

Un atardecer los viajeros, al escuchar cantar a Ashira, se acercaron al lugar de donde provenía el canto, y quedaron conmovidos por la voz y la belleza de la muchacha.

Al día siguiente algunos pastores condujeron la caravana a la ruta de los puertos, y los viajeros continuaron felizmente su viaje.

Ibn Husayn, el poeta, había quedado tan deslumbrado por la belleza y la gracia de Ashira que compuso unos versos describiendo la hermosura de la muchacha.

Pronto aquellos versos –por boca de los marineros– se extendieron por las costas de Arabia y la India. Así fue como la belleza de Ashira fue conocida en todo el mundo árabe.

Aquella fue su desgracia.

Un día se presentó en el poblado el visir de la corte. Venía de parte del califa quien, impresionado por los versos del poeta, había enviado a su ministro para que llegara a un acuerdo con Ashira y su familia, pues quería casarse con ella.

Pero el corazón de Ashira ya tenía dueño. Ella estaba enamorada de Mustafá, el hijo del panadero, y por eso rechazó las generosas ofertas del califa.

Cuando este se enteró del rechazo de Ashira, ordenó que el hijo del panadero fuera capturado y vendido como esclavo en la isla de Zanzíbar. Y amenazó con hacer lo mismo a toda la gente del poblado si la joven no accedía a casarse con él.

Ashira aceptó resignada, y un día de primavera, con sus hermosos ojos negros bañados en lágrimas, se casó con el malvado califa.

Este había mandado confeccionar un maravilloso traje de plata para que la novia lo vistiera durante la ceremonia y las celebraciones de aquel día.

Dicen que los diamantes y piedras preciosas que portaban los ricos invitados parecían quincalla comparados con aquel traje. Nunca nadie había visto una novia más hermosa ni más triste.

La noche de bodas Ashira lloraba en sus
aposentos mientras esperaba la llegada del califa.
Entonces, atraído por el llanto de la joven, apareció
un yin, un genio, que se enamoró de ella en el
mismo instante en que la vio.

—¿Qué te ocurre? –le preguntó.

Ashira le contó todo lo que le había sucedido
hasta ese momento.

—Te ayudaré –le dijo el genio–. Te concederé
un deseo. Pero, a cambio, has de darme tu amor.

—Si quieres ser el dueño de mi corazón, has
de concederme dos deseos –respondió Ashira.

—De acuerdo –aceptó el genio.

Ashira pidió convertirse en un veloz pájaro,
y su deseo se cumplió al instante. Pero estaba tan

hermosa con aquel vestido que el genio no quiso perder aquella visión y la convirtió en pájaro de plata.

Luego pidió que su amado Mustafá sufriera la misma transformación.

Una vez concedidos los deseos, el genio intentó acercarse a Ashira, pero esta huyó por la ventana de palacio a gran velocidad en busca del panadero de su aldea.

Ashira cruzó el mar y encontró a Mustafá. Los dos, convertidos en pájaros de plata, regresaron a las montañas de Zufar para vivir en paz junto a sus familias.

El genio, al verse burlado, contó lo ocurrido al califa. Este, encolerizado, mandó encerrar al genio en una botella y envió a todos sus emisarios con la orden de capturar a los dos pájaros de plata.

La noticia no tardó en llegar al poblado donde vivían Ashira y Mustafá. Al conocerla, los dos amantes huyeron y se refugiaron en lo más recóndito de las montañas. Por prudencia, salían solo de noche.

Y para que las plumas de plata no les delataran con sus brillos, las ocultaban bajo una capa de pelo de cabra que se colocaban uno a otro antes de salir de su escondite.

Por eso dicen que los pájaros de plata tienen una especie de pelo sobre las plumas y solo pueden ser vistos de noche. Es cuando salen de sus nidos, ya que la luz del día les hace daño. Estos pájaros son los descendientes de Ashira y Mustafá.

Cuenta la tradición que a la persona que vea un pájaro de plata se le concederán dos deseos: uno para ella y otro para la persona que elija.

Claro que esto no es muy fácil. Según la leyenda, los pájaros de plata viven en lo más profundo de los montes de Zufar.»

Rita había quedado muy impresionada por la historia de Ashira. Tenía los ojos muy abiertos.

—¿Eso es verdad? –preguntó con un halo de voz.

—Es una leyenda –le contestó su tío.

—Ya, pero entonces es verdad, ¿no?

—No –respondió su padre.

—… O sí –dijo su madre.

Rita estaba desconcertada; ella creía haber visto un pájaro de plata y sus padres le tomaban el pelo. Puso cara de súplica y miró a su tío.

—Rita, las leyendas son historias que llevan muchos años contándose y pasando de boca en boca; es posible que parte de las cosas que cuentan sean fantasías o meros adornos añadidos por los transmisores.

—¿Por los transmi… qué?

—Por los que cuentan la leyenda –aclaró su tío–. Es muy posible que eso ocurriera, pero no sabemos si pasó exactamente de esa manera.

—O sea, que es un cuento chino –dijo su padre en tono burlón.

—No le hagas caso, Rita –intervino su madre al ver la cara de enfado de su hija.

—¿Tú conoces a alguien que haya visto a uno? –preguntó Rita a su tío.

Daniel se la quedó mirando pensativo antes de contestar. Sabía que su sobrina tenía mucha imaginación y no quería hablarle de cosas que tal vez no fueran del todo ciertas. Y tampoco quería que Rita viviera en un mundo imaginario. Pero, por otra parte, no podía ocultarle la historia.

—No lo conozco directamente, pero he oído hablar de alguien que vio un pájaro de plata. Era el suegro del hombre que me contó la leyenda.

—¿Y pidió los deseos y se le concedieron?

—Sí, según me contó aquel pastor, así fue.

—Entonces, ¡existen! –gritó Rita con alegría.

—No creo que aquel hombre mintiera, pero yo no sé a ciencia cierta si los pájaros de plata existen. A propósito, ¿dónde has oído tú hablar de esos pájaros?

—¡He visto uno! –exclamó Rita.

Ahora fueron la madre de Rita y su tío Daniel quienes abrieron los ojos como platos.

—¿Estás segura? –le preguntó su tío.

—Bueno, creo que lo he visto.

En ese momento intervino Martín, que había recuperado el gesto burlón:

—No lo ha visto. Ha percibido un destello en una jaula y se ha inventado que era un pájaro de plata. Y da la casualidad de que su tío conoce un cuento con un pájaro así.

Ahora fue Mónica la que miró interrogante.

—Antes de regresar de la compra hemos pasado por el local del señor Maximino, el adiestrador de pájaros –comenzó a explicar Martín–. El pajarillo de un compañero de trabajo ha dejado de cantar y le he pedido ayuda.

—Ya, pero es extraño que Rita haya asociado lo que ha visto con un pájaro de plata, la verdad –añadió Daniel.

—Lo que es extraño es que sea tan tarde y estos niños estén todavía despiertos. ¡Mirad, Óscar se ha quedado dormido en la mesa! –dijo entonces Mónica dando por zanjado el tema y señalando al hermanito de Rita.

La velada se había alargado y el tiempo había pasado veloz, como el vuelo de la bella Ashira.

—Vamos, Rita, dame un beso –le dijo su tío Daniel a la vez que la abrazaba.

—Pero… ¿no te quedas? –le preguntó triste su sobrina.

—He de pasar unos días con un profesor de Groenlandia que ha venido a la universidad. Luego regresaré y pasaremos unos días juntos, no te preocupes.

Mientras entraba al ascensor, Daniel miró a Rita de forma cómplice y en voz baja le dijo:

—Si lo vuelves a ver, no te olvides de pedirle los deseos.

Rita se fue a acostar con una certeza: su tío Daniel también creía en los pájaros de plata.

La certeza de aquella noche se convirtió en duda al día siguiente. Por eso, y aprovechando que ese día no tenía entrenamiento, después de clase Rita se dirigió al pequeño estanque del parque. Allí viven unas ranas sabias que aconsejan a los niños del barrio cuando estos tienen problemas.

—Hola, queridas ranas sabias –saludó Rita mientras se sentaba en el tronco de un árbol caído.

—Crrrroac, hola, Rita –dijo una de las ranas.

—Vaya, crrrrrrroac, cuánto tiempo sin verte, Rita –le dijo la segunda de las ranas.

—¿Tienes algún problema que consultarnos? –le preguntó la tercera.

—Veréis… –comenzó diciendo Rita–. He dado mi palabra a mi padre de que no revelaría un secreto que él me ha contado, pero no puedo cumplirlo.

—Crrrrrrrroac –le dijo entonces la cuarta de las ranas–. Cuando uno da su palabra ha de cumplirla, Rrrrrrrrita, crrrrrroac.

—Ya lo sé, pero es que es un caso de emergencia.

—Croac. ¿Tan grave es?
–intervino preocupada la segunda
de las ranas.

—Sí, es gravísimo. Yo nunca
he revelado un secreto a nadie.

—Crrrroac, ¿nunca?

—Bueno, casi nunca.

—Crrrrrrrrrrrroac, ¿casi nunca?

—Vale, casi-casi nunca;
pero esta vez no puedo guardar el secreto.
Tengo que pedir ayuda a mis amigos
y para eso antes tengo que contárselo.

Entonces habló la quinta
y más anciana de las ranas:

—Croac, Rita, si revelando el secreto vas
a evitar algún perjuicio a alguien, es más prudente
que lo hagas. Pero, crrroac, si no es así, debes
cumplir tu palabra.

Rita se quedó un rato mirando los reflejos del
agua del estanque mientras pensaba. Al momento
se levantó.

—Adiós, ranas sabias. Gracias por el consejo.

—Crrroac, adiós, Rita —se despidieron todas
las ranas a coro.

Había llegado a una conclusión: ella saldría
muy perjudicada si no contaba el secreto, ya que se
quedaría sin ver el pájaro de plata. Así que se dirigió
a los campos de futbito y baloncesto, donde estaban
algunos de sus amigos.

—Hola, chicos —saludó Rita—. No sé si sabéis
que muy cerca de aquí hay un sitio extraordinario
que nadie conoce… menos yo.

Sus amigos la miraron sorprendidos.

—Es un secreto; si queréis que os lo cuente
no se lo debéis decir a nadie.

—No lo haremos —dijo Rafa mientras los
demás asentían sin pestañear.

—Pues bien —continuó Rita—, en un viejo
almacén cerca del estanco hay un señor que
amaestra pájaros y les enseña a cantar.

—Eso ya lo sabía yo. Me lo dijo un día
mi madre —le cortó Saad.

—Sí, pero seguro que no sabes que ese señor tiene guardado un pájaro de plata.

—¿Un pájaro de plata? –preguntó muy sorprendida Ane.

—Sí, yo lo he visto un poco. Lo tiene en una jaula cubierto con un paño. ¿No habéis oído nunca hablar de ellos?

Ninguno respondió.

—Si, cuando los ves, pides dos deseos –uno para ti y otro para la persona que quieras–, estos se cumplirán al instante. Estos pájaros son peludos y no les gusta la luz del día; solo salen de noche.

—Eeeeeh, hummm –intervino entonces Javi–. Mi primo tiene cuatro de esos pájaros.

—¡Eso no puede ser, son unos pájaros muy raros de ver que provienen de las montañas de Arabia!

—Veamos, son pájaros de plata, peludos
y solo salen de noche –recapituló Javi.

—Sí –contestó Rita, que no salía
de su asombro.

—Pues mi primo tiene varios, y creo que
a estas horas están en un garaje no muy lejos
de aquí. Si queréis podemos ir a verlos.

Los cinco niños se encaminaron al lugar
indicado. Rita tenía una sensación muy rara;
por una parte, Javi le había quitado el protagonismo
de la sorpresa, pero, por otra, tenía la oportunidad
de ver a cuatro de aquellos pájaros de leyenda.

Llegaron al garaje y Javi tocó el timbre.

Abrió la puerta su primo, un joven de pelo
largo vestido con una camiseta negra que tenía
impresa una calavera.

—Hola, primito, veo que vienes con
compañía –saludó–. ¿Quieres algo? Estoy con
los del grupo.

—Mis amigos quieren verlos; a los del grupo
–insistió Javi al ver la cara de extrañeza de su primo.

El joven los invitó a entrar y los cinco niños
accedieron a un local de techo bajo decorado con
pósteres y fotos. En una esquina había una batería
y varios instrumentos, y, al lado, cuatro jóvenes
descansaban sentados en un sofá. Todos vestían
de negro.

Rita no entendía nada.

—Chicos, aquí tenéis a vuestros primeros
fans; ya os dije que conmigo os iría bien
–dijo el primo de Javi dirigiéndose a sus amigos.
Y luego, mirando a los niños, añadió–: Os presento
al mejor grupo de *heavy metal* de la ciudad:
Los Cuervos Plateados.

Pero los niños no comprendían.

—Sí, *heavy metal, rock*; estos amigos míos son roqueros y yo soy su representante, el que se encarga de conseguir que tengan actuaciones.

Rita estaba tan enfadada que no pudo evitar gritar:

—¿Alguien me puede explicar qué significa esto?

—Los cuervos plateados son pájaros de plata, ¿no? Además, tienen pelo y solo salen de noche –insistía Javi intentando calmarla.

—Yo me refería a pájaros de plata de verdad, no a estos pajarracos.

Al oír esto, el más alto de los chicos respondió un poco molesto:

—Eh, niña, no te metas con nosotros. Dentro de poco seremos famosos.

—Si no cambiáis de peluquero, lo dudo –soltó Rita.

Ahora todos los jóvenes roqueros mostraron cara de enfado.

—Javi, ¿por qué no os vais a jugar por ahí y dejáis de molestarnos? –le dijo su primo.

Tal y como se estaba poniendo la situación, era lo más prudente, y así lo hicieron.

Rita, más calmada, comentó a sus amigos:

—En serio, el señor Maximino tiene un verdadero pájaro de plata. He pensado que podemos

colar una vara por los agujeros que hay en la parte
superior de la fachada para levantar el paño que
cubre la jaula.

Ane miró sin terminar de comprender.

—Si conseguimos verlo, podremos pedir
los dos deseos.

Saad reaccionó al instante:

—¡Yo tengo una caña de pescar, y podríamos
utilizar la escalera de mi padre!

—Perfecto, eso servirá. Mañana es sábado
y no hay clase. Podemos intentarlo por la tarde.
¿Quedamos a eso de las cinco en los campos de
deporte? –propuso Rita.

Todos asintieron. Poco después se despidieron
para dirigirse a casa; el tiempo había pasado rápido
y estaba comenzando a anochecer.

—¡No os olvidéis de pensar los deseos!
–les gritó Rita antes de que sus amigos
desaparecieran de su vista.

Era maravilloso; se sentían como flotando
en un sueño, capaces de todo. Eran dueños de
un secreto de los buenos y, si todo iba bien, al
día siguiente podrían ver concedidos dos deseos.
Aquella noche los cinco amigos se quedaron
dormidos con una sonrisa en los labios.

El sábado por la tarde Rita fue al parque
a la hora acordada. Sus amigos estaban esperándola
junto a las canchas. Saad había llevado la caña
y la escalera.

Se dirigieron hacia el almacén del adiestrador
de pájaros lo más discretamente que pudieron, y se

colocaron en la parte de la fachada que daba
a la calle menos transitada.

   Tal y como había dicho Rita, en la parte
superior había unos agujeros. Todos estaban tapados
por unas rejillas de plástico salvo uno, que tenía
la rejilla rota.

   —Mirad, por ahí podemos colar la caña
–dijo Rita–. Creo que vamos a conseguirlo.
¿Quién sube?

   Ninguno contestó, pero todos la miraron.

   —Tú sabes dónde está la jaula y cómo es…
–le dijo Saad.

   —Es verdad –asintió Rita con naturalidad.
Y dicho esto se dispuso a subir por la escalera. Pero
antes se volvió hacia sus amigos y les dijo–: Quitaré
el paño que cubre la jaula y pediré mis dos deseos.

Luego bajaré e iréis subiendo de uno en uno para pedir los vuestros. Sujetad bien la escalera y tú, Javi, vigila por si viene alguien.

Rita subió la escalera e intentó ver en el interior del almacén. A pesar de que estaba oscuro, consiguió localizar el pasillo donde se encontraba oculto el pájaro de plata; incluso creyó ver la jaula con el paño encima.

—¡Ya lo veo! –dijo excitada.

No recibió contestación desde abajo, pero le dio igual. En ese momento lo más importante era meter la caña por el espacio que dejaba la rejilla rota. Lo hizo con mucho cuidado.

—¡Ya va, chicos, la caña ya está dentro! –dijo con emoción.

Esta vez sí obtuvo una respuesta, pero no la que ella se esperaba:

—¿Puede saberse qué
haces ahí subida?
No era la voz de
ninguno de sus amigos.
Al pie de la escalera estaba
el señor Maximino con cara
de pocos amigos.
—Anda, baja y deja de
temblar; no voy a hacerte nada.
Cuando Rita bajó, el señor
Maximino le pidió que entrara con él en el almacén.
—Eres la niña del otro día, ¿verdad?
–le preguntó mientras acariciaba a uno de sus pájaros.
—Sí –dijo Rita un poco más tranquila, pero
avergonzada.
—No me gusta que la gente ande curioseando
por aquí. ¿Qué estabas haciendo?
—Nada…
—Vamos, dime la verdad, no temas.
—Es que…
—La verdad.
La voz del señor Maximino sonaba serena
y amistosa, y Rita no pudo, ni quiso, ocultar nada.
—Quería ver el pájaro de plata y pedirle
los deseos.
—Ah, era eso.
Rita no movió un músculo, pero en su interior
algo se agitó con fuerza: el adiestrador hablaba del
pájaro de plata con toda naturalidad.

—¿Cómo sabes tú lo del pájaro de plata? –le preguntó.

—El otro día lo vi y cuando llegué a casa se lo dije a mi tío Daniel. Él conocía la leyenda y me la contó. Es investigador, trabaja en la universidad, viaja mucho y tiene muchos amigos. Sabe muchas cosas.

—Vaya.

—El pájaro de plata está en esa jaula, ¿verdad? –preguntó Rita.

—Sí –dijo con franqueza el señor Maximino–, pero no es mío, es de otra persona. Yo solo lo estoy cuidando.

Rita no pudo evitar preguntar con la mirada.

—Hace cosa de un año –empezó a explicar Maximino– vino a visitarme un señor muy educado y elegante. No sé cómo había oído hablar de mi lonja, ya que procuro mantenerla en secreto. El caso es que ese señor estaba buscando a alguien que cuidara de un pájaro muy especial con la mayor discreción posible. Este sitio le pareció ideal.

—¿Era el dueño del pájaro?

—Sí. Llegó en un gran coche acompañado de varios sirvientes, pero solo entró él. Traía una jaula cubierta por un paño negro adornado con hilo de oro, tal como la has visto.

—Entonces, ¿era un señor rico?

—Desde luego eso era lo que parecía.

El señor Ahmed me contó la leyenda del pájaro de plata con la condición de que no se la contara a nadie, y me encargó que cuidara de su pájaro. Y así lo he hecho hasta estos días, cuando has aparecido tú y has descubierto el secreto. Ahora ya lo sabes, pero no puedo dejar que veas al pájaro; hice una promesa al señor Ahmed, y cuando uno da su palabra ha de cumplirla.

—Ya, eso ya lo sé –dijo Rita poniéndose roja y mirando al suelo–. ¿Usted lo ha visto?

—Sí, claro. Por las noches le doy de comer y lo suelto por la lonja; entonces comienza a cantar. Nunca he escuchado cantar a un pájaro de esa forma: su voz es maravillosa, sus cantos son…

—Dulces como la miel –le interrumpió Rita–. Como las canciones que cantaba Ashira a los niños.

—Sí, así es. Es un pájaro que necesita vivir en libertad. Cuando está en la jaula se pone muy triste. Creo que está cayendo enfermo debido a su encierro.

—¿Y usted no ha pedido los deseos?

—No, mi trato con el señor Ahmed es que cuidaría de su pájaro durante un año y que no desvelaría su secreto, nada más.

Mientras se ponía las gafas y se acercaba al calendario que colgaba de la pared, el señor Maximino añadió:

—Creo que vino el año pasado por estas fechas, a media mañana. Sí, aquí está marcado; precisamente mañana se cumple un año de su visita.

—¡Mañana! –exclamó Rita.

—Sí, pero recuerda que no me gusta que se monte jaleo alrededor de mi local. Si quieres pedirle al señor Ahmed que te deje ver el pájaro, has de hacerlo sin llamar la atención –le dijo el señor Maximino adivinando sus pensamientos.

—De acuerdo, señor Maximino, se lo prometo.

Diciendo esto, Rita se despidió del adiestrador de pájaros.

Cuando salió de nuevo a la calle y dobló la esquina, se encontró con sus amigos, que, escondidos, vigilaban el viejo almacén.

—Ehhh, psssst –la llamó Javi.

—Vaya, estáis aquí –dijo Rita con tono suspicaz.

—Perdona –se disculpó Javi–. El señor de los pájaros apareció de repente y no me dio tiempo a avisarte.

—Sí, y tuvimos que huir a toda prisa para que no nos pillara –dijo Ane.

—¿Te ha hecho algo? –preguntó Saad.

—No, es muy amable. Me ha contado cosas muy interesantes –respondió sonriendo.

Rita les reprodujo la conversación que había mantenido con el señor Maximino. Sus amigos escucharon asombrados.

—Mañana podremos pedir al dueño del pájaro de plata que nos deje verlo para que nos conceda los deseos. El señor Ahmed vendrá a recogerlo a media mañana. No podemos desperdiciar esta ocasión.

Sus amigos asintieron. Quedaron de nuevo para el día siguiente y luego se despidieron. Ya era hora de regresar a casa.

—Eh, Rita –la llamó Saad cuando ya se separaban–. ¿Y la caña y la escalera?

—Ha dicho el señor Maximino que te las devolverá cuando pases por su almacén acompañado de tu padre –le contestó.

—¡Vaya, qué mala pata! –dijo mascullando cabizbajo Sadd mientras se dirigía a su casa.

El domingo era el día en el que el señor Ahmed iría a recoger el pájaro de plata.

Los cinco amigos habían logrado convencer a sus padres para que les dejaran ir a pasar la mañana al parque.

—Tenemos que vigilar la entrada del almacén disimuladamente; le prometí al señor Maximino que no le molestaríamos –indicó Rita a sus amigos.

—Y si aparece más gente, ¿cómo sabremos quién es el señor Ahmed? –preguntó Javi.

—No será difícil. Es un señor muy rico; tiene un cochazo y varios empleados –le respondió Rita.

Los niños se apostaron alrededor del almacén; unos, escondidos junto a un contenedor, y otros, tras un banco en la acera de enfrente, simulando que intercambiaban cromos. Era imposible que alguien se acercara, entrara o saliera de la lonja sin que ellos lo vieran.

Pronto comprobaron que, a pesar de ser festivo, muchas personas iban a visitar al adiestrador de pájaros.

Al cabo de un rato, la mayoría de ellas salía con una caja de cartón con pequeños agujeros en las que llevaban sus pájaros.

Pasaban las horas y Rita y sus amigos seguían vigilando; pero por allí no aparecía nadie con aspecto de ser rico.

Cuando se acercó la hora de comer vieron cómo el señor Maximino salía de la lonja y cerraba la puerta.

Rita no lo dudó un instante y dejó su escondite para alcanzar al adiestrador de pájaros antes de que se metiera al portal de su casa, a escasos metros de allí.

—¡Aguarde, señor Maximino! –le gritó.

—Vaya, ¿de nuevo andas por aquí? –le preguntó no muy sorprendido.

—Sí, he estado toda la mañana esperando para poder ver al dueño del pájaro de plata; pero le prometo que lo he hecho con disimulo.

—Bien, te creo. No te preocupes.

—Sí que me preocupo, señor Maximino. Usted me dijo que el señor Ahmed vendría hoy a recoger el pájaro, pero no ha aparecido.

—¿Cómo que no? ¡Ha venido y ha recogido su pájaro!

—¿Quéééééé? –dijo Rita sin poder evitar un grito–. Pero ¡si no he visto a nadie que tuviera aspecto de rico ni ningún coche de lujo acercarse a la lonja!

—Rita, al señor Ahmed este año no le ha ido nada bien. Ha tenido muy mala suerte y se ha arruinado. Ahora es pobre, pero ha venido y ha cumplido su promesa.

Rita estaba asombrada, pero reaccionó enseguida:

—Yo no he visto que ninguna de las personas que ha salido llevara la jaula ni el paño.

—El señor Ahmed me ha regalado las dos cosas en señal de pago.

—¿Y usted no ha…?

—¿Te refieres a los deseos?

—Sí.

—No, Rita. Me ha ofrecido esa posibilidad, pero no he aceptado.

—¿Por qué?

—Estoy a gusto con la vida que llevo. Quiero a mi mujer, y soy feliz enseñando y cuidando a los pájaros. No quiero complicarme con deseos. ¿Sabes? Al dueño del pájaro de plata no le ha ido nada bien

después de que sus dos deseos se cumplieran, por eso ha decidido regresar a su tierra y devolver el pájaro a las montañas. Creo que es lo mejor.
Si no, el pobre animal morirá.

—¿Quéééééé? –volvió a gritar Rita.

—Lo que oyes.

—Señor Maximino, debe decirme cómo es el señor Ahmed, por favor. ¡Tengo que encontrarlo antes de que se vaya a su país! ¡Tengo que ver a ese pájaro!

—Ya te he dicho que se ha arruinado. Viste como un harapiento, con un abrigo largo, verde y descolorido. Es moreno, tiene bigote y lleva el pájaro de plata en una caja de cartón rojo.

—Gracias –respondió Rita mientras corría por la acera.

—¡Rita! –gritó el señor Maximino–. ¡El pájaro de plata debe regresar a su hogar y es mejor que tú te olvides de esos deseos!

Pero Rita no escuchaba; había doblado la esquina y ya estaba llegando al lugar donde se encontraba su pandilla.

—¿Qué ha pasado? –le preguntó Rafa.

Rita contó lo ocurrido y, en cuanto recuperó el aliento, añadió:

—Vamos, hay que encontrar al señor Ahmed.

—Pero… Rita, es la hora de comer. Yo tengo que regresar a casa, si no, mis padres me regañarán –advirtió Javi.

—¿Es que no lo entiendes? –le contestó
Rita casi gritando–. Si vemos al pájaro de plata,
podrás desear que no te regañen nunca más.
Podremos conseguir lo que queramos. Tenemos
que encontrarlos antes de que abandonen la ciudad.
Ya nos inventaremos algo para cuando volvamos
a casa.

　　　Todos estuvieron de acuerdo. Entonces
habló Saad:

　　　—Sí, pero ¿cómo vamos a recorrer la ciudad?,
para coger las bicicletas tendríamos que ir a casa.

　　　—Es cierto –intervino Ane–. No podemos
buscar al señor Ahmed y a su pájaro a pie.

　　　Rita sabía que sus amigos tenían razón. Miró
concentrada a un punto fijo mientras pensaba.
Hasta que sus ojos se iluminaron: ¡tenía una idea!

　　　—Pediremos ayuda –dijo.

　　　—¿A quién? –preguntaron a coro sus amigos.

　　　—A los roqueros. Los grupos de música
siempre tienen una furgoneta para ir a los conciertos.

Corrieron en dirección al local de ensayo de Los Cuervos Plateados.

Tuvieron suerte: el grupo estaba ensayando en ese momento y, a pesar del volumen de los amplificadores, escucharon el timbre.

—Vaya, a quién tenemos aquí –dijo con una sonrisa irónica el chico que abrió la puerta. Era el vocalista del grupo, el joven con el que Rita había discutido la otra vez–. Si son la niña repipi del peinado raro y sus amigos.

—¡Pajarraco, no me llames repipi! –contestó de muy mal genio Rita.

Estaban a punto de comenzar de nuevo a discutir, pero Saad y Ane intervinieron para apaciguar los ánimos.

Finalmente los dejó entrar en el local y los niños pudieron contar lo ocurrido.

Los jóvenes se miraron pensativos; al escuchar la historia del pájaro de plata también habían empezado a fantasear con la posibilidad de que se les concedieran dos deseos.

—¡De acuerdo, no hay tiempo que perder! ¡Todos a la furgoneta! –dijo el chico que tocaba el bajo mientras cogía la llave del vehículo.

Antes de montar, Rita y el cantante del grupo se miraron de nuevo, pero esta vez sus gestos eran menos hostiles.

—¿Hacemos las paces? –le preguntó el cantante.

—Vale.

Tras darse un apretón de manos, subieron a la furgoneta, donde todos los estaban ya esperando.

Recorrieron la ciudad circulando lentamente y mirando con atención por las ventanillas. Pasaron varias veces por la estación de tren y por la de autobuses. Pero, por más que buscaron, no encontraron a nadie que se pareciera a la descripción que el señor Maximino le había dado a Rita.

—Tal vez el señor Ahmed ya ha salido de la ciudad y está camino de las montañas de Arabia –comentó desanimado el batería del grupo.

Hubo un instante de silencio; todos miraban a Rita.

—Tenéis razón, lo mejor será que regresemos al barrio. Pero, por favor, ¿podemos pasar por última vez por la estación de autobuses?

La furgoneta dio una vuelta más alrededor del edificio. Nadie vio por allí al señor Ahmed.

Rita estaba a punto de llorar. Había tenido muy cerca al pájaro de plata y no había conseguido verlo.

El chico que conducía la furgoneta ya había girado para dirigirse hacia el barrio cuando el vocalista lanzó un grito:

—¡Un momento, mirad, ahí!

Junto a un matorral, no muy lejos de la estación, se encontraba un señor moreno, con bigote, vestido con un viejo abrigo verde. ¡Y llevaba una caja roja de cartón en las manos!

Ninguno de ellos tuvo ninguna duda.

—Es el señor Ahmed, y tiene el pájaro de plata –dijo Rita.

—Parece asustado –añadió Saad.

—Si nos acercamos todos a la vez, huirá. Es mejor que solo vayamos dos –intervino uno de los roqueros.

Todos estuvieron de acuerdo, y Rita y el vocalista fueron los elegidos.

Los dos se acercaron muy despacio.

—Hola, señor Ahmed –le saludó Rita.

—¿Quiénes sois vosotros? –respondió el hombre atemorizado.

—Tranquilo, somos amigos del señor Maximino, el de los pájaros.

—¿En serio? –preguntó ahora más calmado el señor Ahmed.

—Sí, no tema, no queremos hacerle daño –le dijo el joven.

Rita le contó cómo había llegado a conocer
la historia de los pájaros de plata y todo lo ocurrido
en esos días. Mientras hablaba, miraba a los ojos
del señor Ahmed, aunque a veces no podía evitar
que su mirada se clavara en la caja de color rojo.

El señor Ahmed agradeció la sinceridad de
Rita al terminar de escuchar su relato.

Entonces fue el joven quien no pudo reprimir
su curiosidad:

—¿Y a usted qué le ha ocurrido? Si no le
molesta contarlo… –intentó disculparse al ver
su cara de tristeza.

—No te preocupes, chaval –dijo el señor
Ahmed–. No me molesta.

«Una noche de hace algo más de un año
me perdí en los montes de Zufar, en Arabia, cerca
de la aldea donde vivía. Tuve la suerte de ver uno
de los pájaros de plata de los que habla la leyenda
y, en lugar de pedir los deseos, decidí capturarlo
y guardarlo en casa.

«Como no tenía familia ni esposa, no sabía
con quién compartir el deseo.

«Y ocurrió que un amigo de la infancia
apareció por el pueblo. Se llamaba Hakim.
Recordaba que en la escuela se comportaba
como un pícaro, pero los años habían pasado,
había estudiado y parecía cambiado.

«Me convenció para que viniéramos
a Europa a hacer fortuna.

Yo traje oculto el pájaro de plata y, cuando
llegamos, pedí dos deseos: uno para él y otro
para mí.

—¿Y qué pidió? –preguntó Rita intrigada.

—Dinero, mucho dinero. Una noche que
pasamos en un hotel de esta ciudad, uno de
mis empleados más fieles oyó hablar del señor
Maximino. Pensé que era el lugar ideal para guardar
el pájaro de plata.

«Una vez oculto el pájaro, le conté a Hakim
el verdadero origen de nuestra riqueza, que él creía
era gracias al azar.

—¿Y qué ocurrió entonces? –preguntó el
roquero.

—Insistió en ver al pájaro para pedirle él dos deseos; quería más y más dinero. Pero yo no quise que lo viera, ni le desvelé dónde lo había ocultado. Teníamos de sobra para vivir en la abundancia y pensaba que nos convendría guardar esos dos deseos para más adelante, por si la fortuna nos volvía la espalda.

«Sin embargo, Hakim no pensaba de igual manera. El dinero lo había cegado y volvió a ser el tramposo y el pícaro de siempre.

«Al no acceder a dejarle ver el pájaro de plata, incubó un gran odio hacia mí y comenzó a utilizar artimañas para fastidiarme.

«Ha conseguido arruinarme, pero eso no le ha bastado: mi fiel empleado siguió trabajando para él y una noche me advirtió de que Hakim había contratado a varias personas para capturarme y obligarme a desvelar el lugar donde ocultaba el pájaro de plata. Alguna vez han estado a punto de conseguirlo pero, por el momento, he logrado escapar.

«Ahora solo quiero regresar a mi pueblo. Allí encontraré a alguien con quien compartir mi vida y devolveré el pájaro a las montañas. El señor Maximino me ha dicho que si no lo hago pronto, morirá; y un pájaro tan hermoso no debe morir así, debe vivir y cantar en libertad.

Rita y el joven roquero no pudieron evitar que se les escapara una lágrima.

A pesar de la emoción, el señor Ahmed adivinó sus deseos.

—¿Queréis ver el pájaro de plata?

—¡Sí! —contestaron los dos.

—Está bien, os dejaré verlo con una condición: no debéis pedir dinero —les advirtió muy serio.

—De acuerdo —respondieron de forma sincera.

Entonces Rita se acordó de sus amigos.

—Un momento, señor Ahmed. No estamos solos; en esa furgoneta están nuestros amigos. Hemos venido juntos y me gustaría que ellos pudieran verlo también. El señor Ahmed aceptó reiterando su condición.

—No se preocupe —le dijo el joven cantante—. Cumpliremos nuestra palabra.

Los tres se dirigieron a la furgoneta. Sus amigos, al verlos, bajaron del vehículo y se acercaron a ellos; pero en ese instante se escuchó una voz ronca que provenía del otro lado de la calle:

—¡Allí está!

—¡Son los hombres de Hakim! ¡Estoy perdido! –exclamó desesperado el señor Ahmed.

—¡Le ayudaremos, corra! –gritó Rita.

El señor Ahmed, sin soltar la caja, intentó buscar una salida, pero los matones de Hakim eran numerosos y los tenían rodeados.

—¡Por el callejón! –gritó uno de los jóvenes, indicando un sitio por el que aún quedaba una escapatoria.

En una carrera desesperada corrieron hacia allí, pero cuando estaban a punto de alcanzar la entrada, un tipo musculoso les cerró el paso.

Rita no lo dudó un instante: dio un salto tremendo y golpeó a aquel grandullón en medio de su narizota. Lo dejó tumbado en el suelo.

Todos se quedaron asombrados.

—Es que voy a clases de *taekwondo* –les dijo con naturalidad–. ¡Vamos!

Corrieron por el callejón a gran velocidad, pero cuando estaban a punto de salir, el señor Ahmed los detuvo:

—Esperad un momento. Es mejor que escondamos el pájaro de plata en algún lugar y luego vengamos a por él. Temo que se pueda escapar de la caja.

Todos estuvieron de acuerdo. El señor Ahmed señaló un contenedor de basura.

—A nadie se le ocurrirá mirar aquí –dijo.

Introdujo con cuidado la caja y cerró el contenedor antes de que sus perseguidores aparecieran por el fondo del callejón.

El grupo continuó su huida perseguido por un gran número de hombres. Los fugitivos encontraron una ventaja: el callejón por el que corrían desembocaba en una calle que los llevaba a su barrio, un lugar que conocían muy bien.

Los niños guiaron a los roqueros y al señor Ahmed hacia el parque, y se escondieron entre los árboles que se hallaban junto al estanque de las ranas sabias.

Los hombres de Hakim se dispersaron al entrar por aquellas calles desconocidas para ellos. Algunos llegaron al parque y estuvieron buscándolos cerca del estanque; tan cerca, que Rita y sus amigos podían escuchar su respiración. Por fortuna, no descubrieron su escondite.

Después de dar varias vueltas, el que parecía el jefe dijo:

—Regresemos, los hemos perdido. Hay que informar al señor Hakim; él nos dirá lo que tenemos que hacer.

Cuando se aseguraron de que aquellos tipos se habían marchado, los niños, los roqueros y el señor Ahmed salieron de su escondite y regresaron al lugar donde habían guardado la caja con el pájaro de plata.

—¡El contenedor está vacío! –dijo el batería cuando levantó la tapa.

—¡Lo he escondido antes de que aparecieran! –dijo el señor Ahmed sin entender lo ocurrido–. ¡Es imposible que supieran que estaba aquí!

Rita permanecía callada. Estaba escuchando un run-run, y no se trataba de sus pensamientos.

—¡No han sido ellos! –exclamó de repente–. ¡Ha sido el camión de la basura!

—Es verdad –dijo uno de los roqueros–. No solo ha desaparecido la caja, sino también toda la basura.

—¡Vamos tras el camión! –gritó Rita.

—Pero si va al vertedero –le dijo Ane.

—¡Pues vamos al vertedero!

—Rita… estamos cansados –le dijo Saad.

—Queremos volver a casa –añadió Rafa.

—Sí, hemos hecho lo que hemos podido; es imposible encontrar la caja en el vertedero –dijo el mánager del grupo.

—¡Tenemos que intentarlo! –insistió Rita.

Pero ninguno contestó. Todos la miraban fijamente y en sus caras pudo leer cuatro palabras: "esto-se-ha-acabado".

—¿Y el pájaro de plata…? –preguntó casi en un susurro.

—No te preocupes –le dijo el señor Ahmed con cariño–. Tal vez ha logrado escapar. Recuerda que son muy veloces y escurridizos. Si ha sido así, él sabe cómo regresar a los montes de Arabia.

—Ya, pero hemos perdido la oportunidad de…

—¿Los deseos? Tú y tus amigos sois valientes y generosos. Vosotros podréis conseguir que vuestros deseos se cumplan sin ayuda de pájaros de…

Una voz le interrumpió:
—¡Ahí están!

El señor Ahmed dio un salto hacia atrás y Rita adoptó una posición de combate, a pesar de que aquella voz le había resultado familiar.

Eran los padres de sus amigos, que se acercaban a ellos encabezados por… el padre de Rita. Todos traían unas caras de enfado de primera.

Rita se había quedado petrificada y estaba buscando una explicación cuando su padre ya le había cogido de una oreja.

—¿Puede saberse dónde os habéis metido todo el día? ¿Qué es esto de marcharse de casa? ¿Quiénes son estos chicos?

La escena se repitió con el resto de sus amigos y sus respectivos padres.

Entonces, el señor Ahmed les explicó que los niños y los roqueros le habían ayudado a salir de un lío bastante gordo y habían sido muy valientes.

Y lo hizo de un modo tan humilde y sincero que los padres se calmaron un poco.

—¿Y qué hará usted ahora? –le preguntó la madre de Javi.

—He de regresar a mi pueblo, junto a las montañas de Zufar.

Al escuchar de nuevo aquel nombre, los padres de Rita notaron cómo un escalofrío les recorría todo el cuerpo.

Los jóvenes roqueros se ofrecieron a acercar al señor Ahmed a una ciudad con puerto. Desde allí tomaría un barco para regresar a casa y, de este modo, evitaría encontrarse con los hombres de Hakim. Antes, el señor Ahmed se despidió de los niños.

—¿Por qué no ha contado a nuestros padres lo del pájaro de plata? –le preguntó Rita en voz baja.

—Tal vez ellos no creerían, o no querrían creer esa historia. A veces los deseos no se cumplen porque no se desean de verdad. Rita, lucha siempre por tus deseos. La bella Ashira así lo hizo y consiguió que se cumplieran.

—Adiós, señor Ahmed. Mucha suerte –le dijo Rita abrazándose muy fuerte a él.

Los componentes de Los Cuervos Plateados ayudaron al señor Ahmed a subir a la furgoneta. Una vez hubo arrancado, esta se perdió entre las calles de la ciudad.

Los niños volvieron a sus casas con sus padres. A pesar de las palabras del señor Ahmed, no se les había pasado del todo el enfado.

Los padres de Rita caminaban silenciosos junto a ella. Sospechaban que, aquel día, había ocurrido algo misterioso. Aquel hombre de origen árabe había nombrado las montañas de la leyenda.

Tal vez Rita tuviera razón y los pájaros de plata existían y, tal vez, a veces los deseos y los sueños podían cumplirse.

Antes de regresar a casa pasaron por el piso de los amigos que se habían encargado de cuidar a Óscar durante las pasadas horas.

Había sido un día intenso, lleno de emociones, y eso se notaba en la cara de cansancio de Rita.

—Descansa, mañana hablaremos –le dijeron sus padres cuando se despidieron con un beso antes de irse a la cama.

Sin embargo, aquella noche algo impedía a Rita conciliar el sueño.

Ya era de madrugada cuando se levantó y fue a la cocina para beber un vaso de agua. Se acercó al cristal de la ventana y miró al cielo sin luna, donde algunas estrellas parpadeaban tímidamente.

Entonces vio cómo un destello plateado atravesaba el cielo veloz en dirección hacia Oriente.

Rita sonrió y pidió desde lo más profundo de su corazón dos deseos: uno para ella y otro para una persona querida.

Decidió que aquellos deseos los guardaría como un secreto y no se los contaría a nadie.

Y, esta vez, Rita cumplió su palabra.

Mikel Valverde
Rita tenista

Rita tenista

Convertirse en una estrella de la música es importante para Rita. Cuando pruebe suerte como tenista y tenga éxito, se dará cuenta de que la fama tiene un lado duro que no esperaba.

¡NO te PieRDa Mis aveNtuRas

Mikel Valverde

Rita en el polo

Mikel Valverde

Rita gigante

Rita en el polo

El tío Daniel forma parte
de una expedición científica
atrapada en los hielos
del Polo Norte.
Rita intentará ir al rescate
en compañía de sus
amigos del pueblo inuit
y de un pingüino
muy especial.

Rita gigante

Rita no quiere ser bajita,
está harta de que la
llamen "pulga".
Ella quiere ser muy alta
porque piensa que así
todo el mundo la querrá.
¿Podrá conseguirlo con
una poción mágica?

Rita y los ladrones de tumbas

Una aventura en el desierto
en busca de tesoros escondidos.
¿Podrá Rita ayudar esta vez
a su tío Daniel y burlar
a los salteadores de tumbas?

Mikel Valverde

Rita y los ladrones de tumbas